La fórmula de la invisibilidad

The Invisibility Formula

Adaptado por Maria S. Barbo

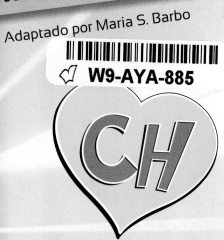

Más ágil que
una tortuga...

Más fuerte que
un ratón...

Más noble que
una lechuga...

Su escudo es
un corazón...

Es...
¡El Chapulín Colorado!

More agile than
a turtle . . .

Stronger than
a mouse . . .

Nobler than
a head of lettuce . . .

A heart is his
coat of arms . . .

It's Captain Hopper!

SCHOLASTIC INC.

—¡Miren! ¡Aquí está mi asombrosa fórmula de la invisibilidad! —dijo Norberto Chambón, mostrando un frasco pequeño.
El famoso inventor estaba de visita en el laboratorio del profesor Inventillo.
—¡Increíble! —dijo el profesor.
—¡Impresionante! —dijo su nieta, Dulce.
—Humm —dijo el Chapulín Colorado—. Es totalmente... ¡invisible!

"Behold! My amazing invisibility formula!" said Norbert Luckyguess, holding up a small bottle. The famous inventor was a guest at Professor Inventillo's lab.
"Incredible!" said the professor.
"Impressive!" said his granddaughter, Dulce.
"Hmm," said Captain Hopper. "That's completely . . . invisible!"

—¡Exacto! —exclamó Norberto—. El contenido de este frasco puede hacer que cualquier objeto o persona se vuelva invisible. Les mostraré.

Norberto Chambón roció la puerta del laboratorio con la fórmula. ¡Y la puerta desapareció!

"That's right!" Norbert exclaimed. "The formula in this bottle can turn any object—or person—completely invisible. Here, I'll show you."

Norbert Luckyguess sprayed the door to the lab. And it totally disappeared!

—¡Genial! —dijo Dulce.
—Humm —dijo el Chapulín Colorado.
—¡Sorprendente! —dijo el profesor—. Sería un peligro que esa fórmula cayera en las manos equivocadas.

"Whoa!" said Dulce.
"Hmm," said Captain Hopper.
"Astounding!" said the professor. "This could be dangerous in the wrong hands."

**El Chapulín Colorado le quitó el frasco a Norberto.
—Calma, calma, ¡que no panda el cúnico! —dijo—. ¡Yo protegeré
la fórmula!**

Captain Hopper took the bottle away from Norbert.
"Calm down, let's panic, don't relax!" he said. "I will protect the formula!"

**En ese momento, las antenitas del Chapulín Colorado vibraron.
—¡Silencio! —dijo—. Mis antenitas de vinil están detectando la
presencia del enemigo. ¡Síganme los buenos!
El Chapulín Colorado agarró su Chipote Chillón.**

Then Captain Hopper's head buzzed. "Quiet!" he said. "My super vinyl antennae
are detecting the presence of an enemy. Follow my lead now!"
Captain Hopper grabbed his Boinky Bopper.

¡*TOINC!* Alguien chocó contra la puerta invisible.
—¡Mi amigo Mamerto ha venido a aprender sobre la invisibilidad!
—dijo Dulce, y abrió la puerta.
Mamerto le echó una mirada fulminante al Chapulín Colorado.
—¿Por qué me pegaste? —preguntó.

BOINK! A visitor crashed into the invisible door.
"My friend Simpleton is here to learn about invisibility!" said Dulce. She opened the door to let him in.
Simpleton glared at Captain Hopper. "Why did you hit me?" he asked.

—No fui yo. ¡Mira! —dijo el Chapulín Colorado.
El Chapulín Colorado se recostó contra la puerta invisible. Pero es
difícil distinguir entre una puerta invisible y una puerta abierta.
Así que el valiente superhéroe se cayó.

"It wasn't me who hit you. Look!" said Captain Hopper.
Captain Hopper leaned against the invisible door. But it is hard to tell the
difference between an invisible door and an open door. So the brave super
hero fell on his butt.

—Debemos tener cuidado de que esta fórmula no caiga en manos de algún malhechor —dijo el profesor.
—¡Ya sé! —dijo el Chapulín Colorado—. ¡Rociemos con el frasco los papeles que contienen la fórmula de la invisibilidad!
El Chapulín roció los documentos con pintura morada.
—¡No, Chapulín Colorado! —gritó el profesor.

"We must be careful this formula doesn't fall into the hands of an evildoer," said the professor.
"I know!" Captain Hopper said. "Let's spray the papers that contain the invisibility formula!" He covered the documents with purple spray paint.
"No, Captain Hopper!" shouted the professor.

Dulce y Mamerto pusieron mala cara. ¡Los documentos se habían arruinado!
Pero al Chapulín Colorado se le ocurrió otra idea.
—Profesor, ¿qué tal si en lugar de afeitarse el bigote, se lo hago invisible?
—¡Ya, basta! —dijo el profesor—. ¡Esa no es la fórmula de la invisibilidad!

Dulce and Simpleton scowled. The plans were ruined!
But Captain Hopper had another idea. "Professor, how about instead of shaving your mustache, I make it invisible?" He sprayed the professor's mustache with the purple paint.
"Enough!" said the professor. "That's not the invisibility formula!"

—No se preocupen —dijo Norberto—. Todavía queda en el frasco.
—Estará más segura en mi laboratorio —dijo el profesor.
—¡Yo pasaré la noche aquí para protegerla! —dijo el héroe.
—Si no les importa, me gustaría quedarme también para ayudar
—le dijo Mamerto al profesor.

"No worries," said Norbert Luckyguess. "We still have the invisibility formula."
"It'll be safe here in my lab," said the professor.
"I will spend the night in the lab and guard it!" said the hero.
"If it's all right, I'd like to help," Simpleton told the professor.

El Chapulín Colorado frunció el ceño.
—¿Acaso no confían en mí?
—No —respondieron todos a la vez.
—¡Pero yo soy el Chapulín Colorado! —dijo el héroe.

Captain Hopper frowned. "Don't you guys trust me?"
"No!" they all said at the same time.
"But I am Captain Hopper!" he declared.

—¿En dónde van a dormir? —preguntó Dulce.
El profesor desplegó su último invento, ¡camas inflables!
—Buenas noches y buena suerte —les dijo a los valientes
guardianes de la fórmula.

"Where will they sleep?" asked Dulce.
The professor rolled out his latest invention—inflatable beds!
"Good night and good luck," he told the formula's valiant protectors.

Pero mientras Norberto Chambón dormía y el Chapulín Colorado roncaba, Mamerto le hizo una llamada a un... malhechor.
—Escucha, vamos a robar la fórmula de la invisibilidad esta noche —dijo—. Y este es el plan...

But while Norbert Luckyguess slept and Captain Hopper snored, Simpleton made a phone call—to an evildoer.
"Listen, we're going to steal the invisibility formula tonight," he said. "And here's how . . ."

Poco después, un ladrón entró en el laboratorio, tal y como había planeado Mamerto. Pero en cuanto el malhechor agarró la fórmula de la invisibilidad, se activó una alarma.

Before long, a thief crept into the lab—just as Simpleton had planned. But as the evildoer grabbed the invisibility formula, an alarm went off.

La puerta de seguridad se cerró de golpe. BAM.
¡El ladrón quedó atrapado!
Sin salida, solo tenía una opción, ¡hacerse invisible!

The security door closed with a BANG.
The thief was trapped!
With no way out, he had only one choice—to make himself INVISIBLE!

Norberto se despertó alarmado. Su preciosa fórmula de la invisibilidad había desaparecido mientras ¡el Chapulín Colorado seguía roncando!
—¡Chapulín! —gritó Norberto—. ¡Chapulín, despierta!

Norbert woke up in alarm. His prized invisibility formula was gone—and Captain Hopper was still snoring!
"Captain Hopper!" cried Norbert. "Captain Hopper, wake up!"

Norberto zarandeó al héroe.
—¡Alguien entró en el laboratorio! —gritó.
El Chapulín Colorado dejó de roncar. Saltó de la cama listo para entrar en acción.
—Calma, calma, ¡que no panda el cúnico! —dijo—. Tengo la situación bajo control.

Norbert shook the hero. "Somebody broke into the lab!" he cried.
Captain Hopper stopped snoring. He jumped out of bed, ready for action.
"Calm down, let's panic, don't relax!" he said. "I have the whole situation under control."

¡CHAC! El Chapulín Colorado sintió un golpe en la cabeza.
Se dio vuelta y le dio a Norberto una patada en el trasero.
—¿Qué haces? —se quejó Norberto.

WHACK! Captain Hopper felt a smack on the back of the head.
He turned around and gave Norbert a swift kick on the behind.
"What was that for?" Norbert whined.

—No te hagas el tonto —dijo el héroe—. ¡Me diste un golpe en la cabeza!
—¿Yo? —preguntó Norberto inocentemente.
—¡Ni modo que lo haya hecho yo! —dijo el Chapulín Colorado.

"Don't play dumb," said the hero. "You hit me on the head!"
"Me?" Norbert asked innocently.
"Would I hit myself?" asked Captain Hopper.

—Se escapó por aquí —gritó Mamerto, y abrió una puerta.
—Lo sospeché desde un principio —dijo el Chapulín Colorado—.
¡Síganme los buenos!
El Chapulín Colorado comenzó a caminar por un largo pasillo.
Llevaba el Chipote Chillón en lo alto.

"He went this way!" Simpleton shouted, opening a back door.
"I suspected it from the beginning," said Captain Hopper. "Follow my lead now!"
Captain Hopper entered a long hallway. He held his Boinky Bopper up high.

—¿Así que te atreves a enfrentarte a mí, Chapulín Colorado? —dijo una voz.
—¡Por supuesto que sí! ¡El Chapulín Colorado nunca ha sido derrotado! —dijo el héroe.
Intentó golpear al ladrón, pero falló.
—Se aprovechan de mi nobleza —dijo—. Pero ya te las verás con mi Chipote Chillón.

"So you dare to face me, Captain Hopper?" said a voice.
"Of course I do!" declared the hero. "Captain Hopper has never been defeated!"
He swung his Boinky Bopper at the invisible thief—and missed.
"They take advantage of my nobility," he said. "But I'll show you what it feels like to get hit by my Boinky Bo—"

—¡Ay!
**El Chapulín Colorado recibió un golpe por detrás, *otra vez*.
El hombre invisible soltó una carcajada macabra.**

"Ow!" Captain Hopper got hit from behind—*again*.
The invisible man cackled with evil glee.

**El Chapulín Colorado le dio en la cabeza con el Chipote Chillón.
—¡No contaban con mi astucia! —dijo el héroe.**

Captain Hopper bopped him on the head with the Boinky Bopper. "You weren't counting on my cleverness!" said the hero.

—¡Dame ese Chipote Chillón! —gritó el hombre invisible.
El intrépido héroe y el ladrón forcejearon. El hombre
invisible le hizo cosquillas al Chapulín Colorado.
—¡Ay, ay, ay, no! —gritó el Chapulín Colorado.

"Give me that Boinky Bopper!" the invisible man cried.
The fearless super hero and evildoer struggled. The invisible villain
tickled Captain Hopper's ribs.
"*Ay, ay, ay,* no!" cried Captain Hopper.

Finalmente, el hombre invisible le quitó el Chipote Chillón al Chapulín Colorado. El superhéroe perdió el equilibrio, salió volando y se estrelló contra una pared.
—¡A mano limpia te voy a pegar! —gritó el Chapulín Colorado—. ¡Éntrale, éntrale!

Finally, the invisible man yanked the Boinky Bopper away from Captain Hopper. The super hero lost his balance, soared through the air, and crashed into the wall. "I can still fight you man to man!" cried Captain Hopper. "Bring it on!"

El hombre invisible golpeó al Chapulín Colorado una y otra vez. El héroe ya había tenido suficiente. Después de todo, él era más ágil que una tortuga, más fuerte que un ratón, más noble que una lechuga, ¡y su escudo era un corazón! El Chapulín Colorado comenzó a dar patadas hasta que logró darle al hombre invisible en la cara invisible.

The invisible man smacked Captain Hopper again and again.
The hero had had enough. After all, he was more agile than a turtle. Braver than a mouse! His coat of arms was a heart!
Captain Hopper kicked out until he connected with the invisible man's invisible face.

—¡Jai-ya!

El Chapulín Colorado logró controlar al villano con una llave.

—¡Ay, basta! ¡Me rindo! —gritó el hombre invisible—. ¡Me iré! Ya, ya, ¿qué haces? ¡Suéltame!

El Chapulín Colorado lanzó al ladrón al suelo del laboratorio.

"Ah-ha!" Captain Hopper put the villain into a headlock.

"Agh, enough, I give up!" cried the invisible man. "I'll leave! Oh, stop, stop, what are you doing? Don't pick me up!"

—¡Lo tengo! —gritó Norberto Chambón—. ¡La fórmula está a salvo!
—¿Pero dónde está el ladrón? —gritó el profesor.
El profesor y Dulce habían llegado corriendo al laboratorio.
—Estaba aquí hace un minuto —dijo el Chapulín Colorado.

"I've got it!" shouted Norbert Luckyguess. "The formula is safe!"
"But where is the villain?" cried the professor. He and Dulce rushed back into the lab.
"He was just here a minute ago," Captain Hopper said.

—¡Ahora nunca lo encontraremos! —lamentó el profesor.
—No importa —dijo Dulce—. Lo único importante es que
el Chapulín Colorado salvó la fórmula. ¡Eres el mejor!
—El Chapulín Colorado se sonrojó.

"Now we'll never find the thief!" wailed the professor.
"It doesn't matter," said Dulce. "What matters is that Captain Hopper
protected the formula. You're the best!"
Captain Hopper blushed.

—No contaban con mi astucia —dijo el Chapulín Colorado.
Así una vez más, la aventura tuvo un final feliz gracias al único héroe
que con su Chipote Chillón es incluso mejor que un ladrón invisible.
¡El único, el Chapulín Colorado!

"You weren't counting on my cleverness," Captain Hopper said.
So once again the day was saved thanks to the only hero who is even better with
a Boinky Bopper than an invisible thief. The one, the only, Captain Hopper!